I0683732

ADIEUX

DE

FONTAINEBLEAU,

MONOLOGUE EN DEUX TABLEAUX,

PAR M. ***

Représenté sur le Grand-Théâtre de Nantes, le avril 1845.

NAPOLÉON, — M. ROCHE.

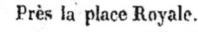

NANTES,

IMPRIMERIE D'HÉRAULT, RUE DE GUÉRANDE,

Près la place Royale.

ADIEUX

DE

FONTAINEBLEAU,

MONOLOGUE EN DEUX TABLEAUX.

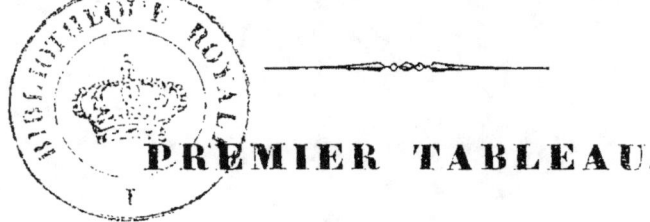

PREMIER TABLEAU.

Le Théâtre représente un cabinet de travail de l'Empereur. Le jour commence à paraître. — Au lever du Rideau, quatre heures sonnent à l'horloge du Château.

Quatre heures!... de la nuit va s'effacer le voile,
Je vois dans le lointain s'obscurcir mon étoile!...
Le destin s'est lassé : l'aigle victorieux,
Mortellement frappé, tombe du haut des cieux.
Tel est l'arrêt du sort : Il faut quitter la France ;
L'exil et l'abandon, voilà ma récompense.
Dieu qui plus haut que tous a mis Napoléon,
Mesure mes revers à l'éclat de mon nom.
Des préjugés, j'ai vu le siècle disparaître.
Et de la liberté j'ai vu l'aurore naître.
Entre le monde ancien et le monde nouveau
Les décrets éternels ont placé mon berceau.

Jeune encor, méditant les leçons de l'histoire,
J'entrevoyais ces jours et de deuil et de gloire;
Je voyais le géant secouer le sommeil,
Et se dresser terrible au jour de son réveil.
Je voyais s'agiter la foule menaçante
Et j'entendais au loin gronder la voix puissante,
Enfin l'heure a sonné, dans la poussière épars
De l'altière Bastille ont croulé les remparts.
De sa puissante main, la fière République
Brise les vieux supports de ce trône gothique.
Et quand hurlant autour des châteaux embrasés,
Le peuple dans le sang trempait ses fers brisés;
Des partis au Sénat quand grondait la furie,
Moi seul devant Toulon je sauvais la patrie;
Et sous ses murs fumants leur creusant un cercueil,
Des enfants d'Albion, je foudroyais l'orgueil.
Soudain m'apparaissant au pied de ces murailles,
Un Dieu met dans mes mains le destin des batailles,
Je l'écoute... Je crois... Me laissant éblouir,
Pour la France je rêve un nouvel avenir.
Soldats improvisés dans les champs du carnage,
Ses braves citoyens repoussaient l'esclavage :
Devant eux, à l'aspect de leurs nobles haillons,
De ces rois conjurés fuyaient les bataillons;
Et dominant l'éclat de la foudre guerrière
De l'hymne Marseillais mugissait le tonnerre.
Quel héros digne d'eux pouvait les commander?
Une voix me disait : Pars, et va les guider :
Pour vous, sur les glaciers, les neiges éternelles,
Fleurissent des combats les palmes immortelles :
Nous partons, et bientôt sous nos pas frémissants,
S'abaissent les sommets de ces monts blanchissants!

S'interrompant tout-à-coup comme agité d'un autre souvenir.

Que voulez-vous de moi, vains souvenirs de gloire?...
Arcole, Iéna... Lodi, je vous lègue à l'histoire!...

Laissons-là le passé..... Dans mes jours de douleur
N'est-il que cette fibre à vibrer dans mon cœur?
Ne suis-je donc plus homme... et quand sa voix murmure,
Me faudra-t-il encore étouffer la nature?
Mon épouse!... mon fils!... de ces cruels moments,
Oui, votre souvenir a calmé les tourments;
Votre vue, écartant ce sinistre nuage,
Me fera retrouver la force et le courage :
Je pourrai vivre enfin... Adieu, titres, grandeur,
Dont l'éclat nous séduit sans donner le bonheur!
Divine volupté, sainte et pure tendresse,
Ineffables transports, au feu de votre ivresse,
De mes jours presque éteints rallumez le flambeau.
Hélas! emprisonné comme dans un tombeau,
Au milieu des travaux, des soucis, des alarmes,
De vos épanchements j'ai peu connu les charmes.
Quand imposant silence aux partis agités
Je faisais sous mon joug ployer les volontés,
O combien me pesait cette austère contrainte!
Comprimé dans les nœuds d'une pénible étreinte,
Mon cœur à peine, hélas! osait se dilater.....
Plus à l'aise, à présent, il pourra palpiter.
Tombe, masque imposteur, enveloppe inflexible,
Dont les plis déchiraient cette âme trop sensible;
Le souverain n'est plus : c'est le père, l'époux
Qui réclame ses droits!... Je suis auprès de vous!...
Qu'on ne me parle plus de puissance, d'empire,
Je vous tiens dans mes bras, je renais, je respire.
Merci, mon Dieu! merci, cet espoir fortuné
Me donne plus encor que tu ne m'as donné.
Quel bonheur, ô mon fils, d'instruire ton enfance,
De t'apprendre à chérir, à gouverner la France!
De former ta jeunesse au grand art des guerriers,
De voir sur ton beau front reverdir mes lauriers;
De suivre tes progrès, d'activer en ton âme

Ces sublimes transports, cette brûlante flamme,
Des talents, des vertus, ces germes précieux
Qui de mortels obscurs ont fait des demi-Dieux,
De mes revers un jour tu laveras la honte;
De son caprice au sort tu demanderas compte!...
Mais que dis-je? partis... Je ne les verrai plus!...
Pour jamais, loin de moi, les voilà retenus!
De tous mes ennemis, la haine fanatique,
Sert bien de l'étranger la crainte politique,
Oh! vainement, par eux, l'empire est aboli!
Cette gloire éphémère aura bientôt pâli,
Quand le père et le fils, de la tache imprimée,
Laveront les drapeaux de notre grande armée.
Trahi par tous!... Et vous, que la France autrefois,
Oubliant ses rigueurs, rappelait à ma voix,
On verra donc toujours votre orgueil sanguinaire,
Déchirer à plaisir le sein de votre mère!
De vos vœux insensés s'il caresse l'espoir,
Quel qu'il soit, vous servez l'idole du pouvoir;
Dans la nouvelle cour, pour prix de vos bassesses,
Allez donc mendier les grandeurs, les richesses;
Du zèle qu'on oublie usurpez les honneurs,
Vous, que mon amitié combla de ses faveurs!...
Eh quoi! vous reniez notre gloire commune!
Que pouvait à vos noms ajouter la fortune?
Les rois, devant vos traits par l'airain sillonnés,
Humiliaient l'orgueil de leurs fronts couronnés;
Cet amas de lauriers pèse à votre mollesse;
Du luxe, du repos, vous a séduits l'ivresse,
Je vous pardonne à tous : votre manque de foi
Vous laisse encore, ingrats, plus malheureux que moi!
Votre haine, à présent, doit être satisfaite,
Généreux ennemis; la victoire est complète;
Vos trésors prodigués à d'indignes sujets,
De votre politique assurent les projets!

Et ceux à qui, docile à mes ordres suprêmes,
La victoire, en courant, jetait des diadèmes,
Craignant de se heurter contre un écueil fatal,
Le leur trône avec vous, sapent le piédestal.

(Prenant l'acte d'abdication.)

Abdiquer!... faut-il donc à moi-même infidèle,
Signer ce monument d'une honte éternelle!...
Laisser impunément démembrer mon pays,
Et de son avenir déshériter mon fils!...
Ai-je épuisé tes coups, destin inexorable?
Peux-tu rien ajouter au malheur qui m'accable?
Mon corps brisé succombe au besoin de repos!...
O mort! tu n'as pas su me frapper à propos.

(Il s'endort.)

Une musique lugubre se fait entendre. — Le fond du théâtre s'ouvre
et représente l'Empereur.

Six ans!... Six ans d'exil, d'angoisses, de tortures,
De la Sainte-Alliance ont vengé les injures.
Demain la mort, trop lente au gré de mes bourreaux,
Dissipera leur crainte et finira mes maux.
Confiance fatale! aveuglement funeste!
De mes jours, aux Anglais, je vais livrer le reste!
Et, nouveau Thémistocle, assis à leur foyer,
Je viens y réclamer l'accueil hospitalier!
La victoire elle-même, en leur main s'est jetée:
Aux vautours je livrais un nouveau Prométhée!
Goutte à goutte en mon sein, distillant le trépas,
Leur haine, un seul instant, ne se reposait pas:
De l'Angleterre en moi, la vengeance infernale,
Croyait frapper au cœur et tuer sa rivale.
De la France en mes mains reposait l'avenir;
C'est son espoir en moi qu'elle a voulu punir.
Souveraine des mers, elle a craint que Neptune
De ses flots ne soumît l'orgueil à ma fortune;
Qu'à l'Europe ma voix ne dictât un traité

Qui brisât les ressorts de sa duplicité :
Ils me tiennent enfin!... quelle conduite lâche!...
Poursuivant jusqu'au bout leur exécrable tâche!
De ce couteau qu'ils ont enfoncé lentement
Ils ont brisé la lame en mon sein palpitant.
Que je souffre!... mon fils!... une cour étrangère
L'élève dans l'oubli de son malheureux père.
Dans un espace étroit, sous ces brûlants climats,
L'Angleterre et le sort ont enchaîné mes pas!...
Quel autre qu'un Anglais, de tant de barbarie,
Aurait, aux yeux du monde, accepté l'infamie?
Couronnez dignement cet excès de rigueurs,
Et même après ma mort cherchez-moi des douleurs!...
Loin de mes vieux amis qui veillent pour l'attendre.
Captive sur ce roc, retenez bien ma cendre!
Que fait à l'Empereur votre ressentiment,
Quand chaque cœur français lui garde un monument.

(Ici éclate une violente tempête.)

(Avec enthousiasme.)

Bien, tonnerres, grondez sous cette voûte immense,
Sonnez dans l'univers l'heure de délivrance,
Et répétez à tous : pour l'immortalité
Le captif peut enfin partir en liberté.
Impétueux autans, sur vos aîles rapides
Emportez-moi bien loin de ces bords homicides.
France! je te revois! suspendez votre vol!
Mon âme, avec orgueil, plane sur son beau sol.
Qu'entends-je!... l'airain tonne au sein des barricades!...
Les trois couleurs!... courage!... en avant camarades!...
Me voilà!... du pays repoussez l'oppresseur.
Que ce nouveau soleil lui rende sa splendeur!
Sur les bords Africains étendez vos conquêtes;
Bellone vous convie à de nouvelles fêtes!
Que de faits glorieux! que vois-je? toi, mon fils!
Sur mon cœur, le trépas nous a donc réunis.

Oublions tous les deux notre lente agonie !
A de nouveaux succès, vois marcher la patrie !
Regarde, ivres d'ardeur au sein de ces remparts,
Ces jeunes fils de rois plantent nos étendards !
Dans Paris, l'arrachant à la terre étrangère,
L'un d'eux ramènera la cendre de ton père.
Gloire à toi, noble appui de notre pavillon !
Toi, qui dois sur les flots veiller Napoléon,
Tu sauras, quelque jour, sur la plaine liquide,
Briser le sceptre aux mains d'un ennemi perfide,
Toi par qui l'Empereur et ses vieux grenadiers
Reposeront unis sous les mêmes lauriers !

(Se débattant convulsivement.)
A moi !... sonnez la charge !...

(Se réveillant en sursaut.)

Ah ! ce n'était qu'un rêve !
Le sommeil, à mes maux, n'accorde pas de trève...

(A cet instant entre un vieux grenadier.)
Qu'est-ce ? que me veut-on ?

(Le grenadier lui remet une lettre. L'Empereur le regarde un instant.)

Je te connais, c'est toi.
C'est toi qui l'autre jour te jetas devant moi,
Quand sous les murs d'Arcis, pour terminer ma vie,
Ma douleur implorait la mitraille ennemie.
Le sort qui déroba ma tête au coup mortel,
Me réserve peut-être un trépas plus cruel.
Sur ton front que jamais ne flétrit la souillure,
Tu peux avec orgueil montrer cette blessure.
A toi mon dernier don,

(Il détache sa croix, et la place sur la poitrine du grenadier.)

Ce signe de l'honneur,
Cette croix qui longtemps reposa sur mon cœur,
Sur ce cœur qui toujours fidèle à notre gloire,
De mes vieux compagnons gardera la mémoire.

Dis-leur bien que leur chef, trahi dans ses projets,
N'a plus à leur donner que des pleurs, des regrets.

(Lui serrant affectueusement la main.)

Adieu, mon brave, adieu!....

(Décachetant la lettre.)

Qu'ai-je lu ? « Venez, Sire,
» Vainement contre vous la trahison conspire :
» Le bataillon sacré, tout prêt à vous venger,
» Saura dompter le sort et le faire changer ;
» L'ennemi nous attend, la France nous regarde ;
» Confiez-vous sans crainte à votre vieille garde !
» Oui, pour vous recevoir, s'ouvrent avec fierté,
» Ses rangs, temple vivant de la fidélité.
» Paraissez, et déçu dans sa folle espérance,
» L'étranger, à l'instant, va fuir loin de la France.
» De notre sang, les flots noblement répandus,
» Flétriront à jamais ceux qui nous ont vendus. »
Ah! je les reconnais à cet élan sublime !
Oui, oui, je l'entendrai cet appel magnanime :
Marchons ! allons apprendre aux siècles à venir,
Qu'ici la garde meurt et ne saurait fléchir.
Vers leurs climats glacés refoulons ces cohortes,
Dont l'orgueil insensé vient heurter à nos portes.
De nouveaux bataillons vont naître sous nos pas ;
Et Dieu, pour cette fois, ne nous manquera pas.
De mon fils défendons le brillant héritage !
De la France sauvée, offrons-lui l'apanage !
Que demain la victoire, au lever du soleil,
Vienne comme autrefois sourire à son réveil.
A moi l'Europe encor !..... qu'ai-je dit !... je m'abuse !....
Je veux sauver la France, et la France m'accuse !...
De ses remparts fumants, de ses fils au tombeau,
Elle offre à mes regards le douloureux tableau !
Mais j'ai versé, du haut de mon char de victoire,
Sur ton sein déchiré le baume de la gloire !

De mon ambition, l'héroïque fierté
De l'univers pour toi rêva la royauté !
Je t'ai rendu ton culte et la foi de tes pères,
Sous l'égide du Christ j'ai placé tes bannières !
De l'anarchie enfin j'ai fait taire la voix ;
Ma sagesse a dicté tes immortelles lois !
Et quand porté par toi sur les marches du trône,
Pour t'élever plus haut, je ceignais la couronne,
Je voulais que l'Europe et tous ses souverains,
Servissent d'instruments à mes vastes desseins !
Mes soins, te ménageant une heureuse alliance,
Sur la terre et les flots assuraient ta puissance ;
Et dans son île enfin, cerné de toute part,
S'agitait vainement l'orgueilleux léopard,
Voilà ce que pour toi méditait mon génie,
Et ce qu'a pour jamais détruit la perfidie.

(S'approchant de la table où est placé l'acte d'abdication.)

Que faire !... irai-je hélas ! ajoutant à ses maux,
De la guerre civile allumer les flambeaux.
Non ! non ! j'ai prodigué mon sang pour ta défense,
J'immole à ton bonheur toute mon espérance.

(Il signe et sonne. — Un aide-de-camp paraît, et il lui remet l'acte
d'abdication.)

DEUXIÈME TABLEAU.

Le théâtre change et représente la cour du palais de Fontainebleau. — La garde
est sous les armes. — Au moment où Napoléon paraît, les tambours battent
aux champs et la musique joue l'air : *Veillons au salut de l'Empire.*
— L'Empereur s'avance lentement d'un air triste et pensif :

Arrivé devant le front de la garde, il s'écrie d'une voix forte :

Soldats, mes compagnons, mes amis, que ma voix
Retentisse en vos cœurs une dernière fois :

Pendant vingt ans, le sort à nos drapeaux fidèle,
A par de grands succès couronné votre zèle ;
Au bruit de vos canons, du Nil épouvanté,
Le colosse a frémi sur sa base agité ;
Et du nord au midi vos marches triomphales
Souvent ont fait trembler les murs des capitales.
Soldats, vous avez vu l'Europe à vos genoux ;
Vous avez triomphé, je suis content de vous.
De vous, mes compagnons, la France sera fière ;
Vous avez dignement parcouru la carrière,
Et quand d'autres français vendaient leur bienfaiteur,
Soldats, vous avez bien servi votre Empereur !...
De tous ces étrangers confondant l'arrogance,
Je pourrais avec vous écraser la puissance,
De nos tristes revers réparant les affronts,
Je pourrais sous nos pieds courber encor leurs fronts !

(Ici l'Empereur est interrompu par les cris répétés de vive l'Empereur!
à Paris ! à Paris !)

Merci, mes compagnons ! mais songeons à la France !
Assurons son repos : voilà notre vengeance !
Votre pays lui-même a changé son destin :
Plus de parti, Français, donnez-vous tous la main,
Et que des citoyens, la discorde fatale,
N'ensanglante jamais notre aigle impériale.

(Avec attendrissement.)

Je m'éloigne !... je cède aux destins ennemis,
Mais nos cœurs, mes enfants, seront toujours unis.
De notre vieil ami, la plus douce pensée,
Sera de rappeler notre gloire passée,
Et sa main, retraçant vos exploits immortels,
A votre souvenir dressera des autels.
En mémoire de moi, servez bien la patrie ;
Sous un autre drapeau, quand sa voix vous rallie,
Adoptez, mes amis, les nouvelles couleurs,
Mais à notre aigle aussi réservez quelques pleurs.

Un jour, peut-être, un jour viendrai-je à votre tête,
Arracher à ces rois leur superbe conquête,
La fortune aujourd'hui m'exile de ces lieux ;
Il faut nous séparer, recevez mes adieux !...
Approchez, général,

(Il le serre dans ses bras.)

J'embrasse en vous l'armée.

(Embrassant l'aigle du drapeau.)

Que je t'embrasse aussi, mon aigle bien-aimée !...

(Il porte la main à ses yeux pour essuyer ses larmes, fait quelques pas
pour s'éloigner, puis revenant sur le devant de la scène, il s'écrie d'un
air inspiré !)

Adieu patrie !... Au nom d'Austerlitz et d'Eylau,
Napoléon viendra demander un tombeau.

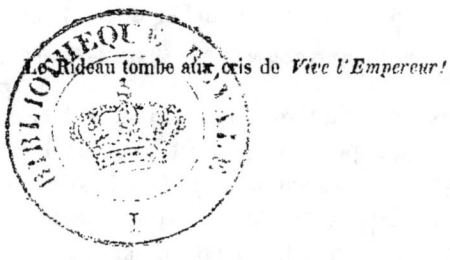

Le Rideau tombe aux cris de *Vive l'Empereur !*

Nantes. — Imp. d'HÉRAULT.

www.ingramcontent.com/pod-product-compliance
Lightning Source LLC
Chambersburg PA
CBHW061421170626
46811CB00005B/2066